哈啦陽光山丘

三民書局

Snooze and Snore   ISBN 1 85854 663 X

Written by Gill Davies and illustrated by Eric Kincaid

First published in 1998

Under the title Snooze and Snore

by Brimax Books Limited

4/5 Studlands Park Ind. Estate,

Newmarket, Suffolk, CB8 7AU

水獺歐力
Ollie Otter

huge [hjudʒ]
形 巨大的

shining [`ʃaɪnɪŋ]
形 閃閃發亮的

cheeky [`tʃikɪ]
形 臉頰的，腮的

Ollie Otter has **huge**, **shining** eyes, **cheeky** whiskers and a big, wide grin.

水ㄕㄨㄟˇ獺ㄊㄚˇ歐ㄡ力ㄌㄧ有ㄧㄡˇ雙ㄕㄨㄤ又ㄧㄡˋ大ㄉㄚˋ又ㄧㄡˋ明ㄇㄧㄥˊ亮ㄌㄧㄤˋ的ㄉㄜˊ眼ㄧㄢˇ睛ㄐㄧㄥ、滿ㄇㄢˇ腮ㄙㄞ的ㄉㄜˊ鬍ㄏㄨˊ子ㄗˇ，以ㄧˇ及ㄐㄧˊ咧ㄌㄧㄝ開ㄎㄞ大ㄉㄚˋ嘴ㄗㄨㄟˇ的ㄉㄜˊ微ㄨㄟˊ笑ㄒㄧㄠˋ。

2

He lives in the shop at the **bottom** of Sunshine Hill and **delivers** baskets of food.

他住在陽光山丘山腳下的店舖裡，負責運送一籃籃的食物。

ne day he goes down to the **stream** to take **fresh** bread and butter to Mrs Duck.

有ㄧㄡˇ一ㄧ天ㄊㄧㄢ，他ㄊㄚ騎ㄑㄧˊ車ㄔㄜ來ㄌㄞˊ到ㄉㄠˋ小ㄒㄧㄠˇ溪ㄒㄧ，要ㄧㄠˋ拿ㄋㄚˊ新ㄒㄧㄣ鮮ㄒㄧㄢ的ㄉㄜ˙麵ㄇㄧㄢˋ包ㄅㄠ和ㄏㄢˋ奶ㄋㄞˇ油ㄧㄡˊ給ㄍㄟˇ鴨ㄧㄚ子ㄗ˙太ㄊㄞˋ太ㄊㄞˋ。

4

toy [tɔɪ]
名 玩具

decide [dɪˋsaɪd]
動 決定

sail [sel]
動 使（船）航行

He finds his little **toy** boat in the basket and
decides to **sail** it in the stream.

他ㄊㄚ在ㄗㄞ籃ㄌㄢ子ㄗ裡ㄌㄧ面ㄇㄧㄢ發ㄈㄚ現ㄒㄧㄢ了ㄌㄜ他ㄊㄚ那ㄋㄚ艘ㄙㄡ小ㄒㄧㄠ小ㄒㄧㄠ的ㄉㄜ玩ㄨㄢ具ㄐㄩ船ㄔㄨㄢ，
便ㄅㄧㄢ決ㄐㄩㄝ定ㄉㄧㄥ讓ㄖㄤ它ㄊㄚ在ㄗㄞ溪ㄒㄧ水ㄕㄨㄟ中ㄓㄨㄥ航ㄏㄤ行ㄒㄧㄥ。

5

waddle [`wadl]
動 搖搖擺擺地走

Dibble, Dab and Dot the ducklings **waddle** up to watch.

小ㄒㄧㄠˇ鴨ㄧㄚ子ㄗˇ滴ㄉㄧ滴ㄉㄧ、答ㄉㄚ答ㄉㄚ和ㄏㄢˋ多ㄉㄨㄛ多ㄉㄨㄛ搖ㄧㄠˊ搖ㄧㄠˊ擺ㄅㄞˇ擺ㄅㄞˇ地ㄉㄧˋ走ㄗㄡˇ過ㄍㄨㄛˋ來ㄌㄞˊ瞧ㄑㄧㄠˊ瞧ㄑㄧㄠˊ。

The boat sails **along**. It sails past the reeds, under a **bridge** and into the **lake**.

小ㄒㄧㄠˇ船ㄔㄨㄢˊ向ㄒㄧㄤˋ前ㄑㄧㄢˊ航ㄏㄤˊ行ㄒㄧㄥˊ。船ㄔㄨㄢˊ兒ㄦˊ駛ㄕˇ過ㄍㄨㄛˋ蘆ㄌㄨˊ葦ㄨㄟˇ叢ㄘㄨㄥˊ，穿ㄔㄨㄢ過ㄍㄨㄛˋ小ㄒㄧㄠˇ橋ㄑㄧㄠˊ，來ㄌㄞˊ到ㄉㄠˋ了ㄌㄜ˙湖ㄏㄨˊ中ㄓㄨㄥ。

"What a fine boat you have there, Ollie," say the frogs as the boat sails past them.

小工_ㄠ船_{ㄔㄨㄢ}經_{ㄐㄧㄥ}過_{ㄍㄨㄛ}一_ㄧ群_{ㄑㄩㄣ}青_{ㄑㄧㄥ}蛙_{ㄨㄚ}的_{ㄉㄜ}身_{ㄕㄣ}旁_{ㄆㄤ}，他_{ㄊㄚ}們_{ㄇㄣ}說_{ㄕㄨㄛ}：「你_{ㄋㄧ}的_{ㄉㄜ}船_{ㄔㄨㄢ}好_{ㄏㄠ}漂_{ㄆㄧㄠ}亮_{ㄌㄧㄤ}啊_ㄚ！歐_ㄡ力_{ㄌㄧ}。」

quack [kwæk]
勵 呱呱叫

paddle [`pædl]
勵 划水前進

"Wait for us! Wait for us!" **quack** the ducklings, **paddling** hard to catch up.

「等等我們！等等我們啊！」小鴨子們呱呱叫著，努力划水要追趕小船。

9

sharp [ʃɑrp]
形 劇烈的

gust [gʌst]
名 陣風

spin [spɪn]
動 旋轉

circle [ˋsɝ·kl̩]
名 圓圈

There is a sudden, **sharp gust** of wind. The boat **spins** around in a **circle** and then...

這時突然刮起一陣劇烈的強風，船轉了個圈圈，然後……

10

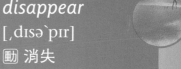

whoosh [hwuʃ]
名 咻咻聲

disappear
[͵dɪsə`pɪr]
動 消失

ith a **whoosh**, it sails to the far side of the lake and **disappears**.

咻ㄒㄧㄡ地ㄉㄜ一ㄧ聲ㄕㄥ，船ㄔㄨㄢ跑ㄆㄠ到ㄉㄠ了ㄌㄜ遙ㄧㄠ遠ㄩㄢ的ㄉㄜ湖ㄏㄨ面ㄇㄧㄢ，消ㄒㄧㄠ失ㄕ不ㄅㄨ見ㄐㄧㄢ了ㄌㄜ。

cross [krɔs]
勔 越過；穿過

lose [luz]
勔 失去

ride [raɪd]
勔 騎車

llie cannot **cross** the lake. He has **lost** his boat.
He **rides** home feeling very sad.

歐ㄡ力ㄌㄧˋ沒ㄇㄟˊ法ㄈㄚˇ兒ㄦ穿ㄔㄨㄢ過ㄍㄨㄛˋ湖ㄏㄨˊ面ㄇㄧㄢˋ，於ㄩˊ是ㄕˋ，他ㄊㄚ失ㄕ去ㄑㄩˋ了ㄌㄜˇ他ㄊㄚ的ㄉㄜˇ船ㄔㄨㄢˊ，只ㄓˇ好ㄏㄠˇ難ㄋㄢˊ過ㄍㄨㄛˋ地ㄉㄧˋ騎ㄑㄧˊ車ㄔㄜ回ㄏㄨㄟˊ家ㄐㄧㄚ。

Mr Otter is having a quiet afternoon **fishing**. He feels a **tug** on the fishing **line**.

水獺先生正享受著寧靜的午後垂釣。他感覺到有東西在拉扯著釣魚線。

fat [fæt]
形 肥的

fish [fɪʃ]
名 魚

supper [`sʌpə]
名 晚餐

pull [pʊl]
動 拉

pull in
拉回

"A-ha!" he says. "I have caught a nice, **fat fish** for **supper**!" He **pulls in** the line.

「啊ㄚ哈ㄏㄚ！」他ㄊㄚ叫ㄐㄧㄠˋ了ㄌㄜ˙起ㄑㄧˇ來ㄌㄞˊ，「我ㄨㄛˇ可ㄎㄜˇ釣ㄉㄧㄠˋ到ㄉㄠˋ一ㄧˋ尾ㄨㄟˇ肥ㄈㄟˊ美ㄇㄟˇ的ㄉㄜ˙魚ㄩˊ來ㄌㄞˊ當ㄉㄤ晚ㄨㄢˇ餐ㄘㄢㄍㄡˋ！」他ㄊㄚ收ㄕㄡ回ㄏㄨㄟˊ了ㄌㄜ˙線ㄒㄧㄢˋ。

dangle [`dæŋg!]
動 懸掛

end [ɛnd]
名 末端

wooden [`wudn̩]
形 木製的

And there **dangling** on the **end** is Ollie's little, **wooden** boat. Mr Otter laughs.

掛ㄍㄨㄚ在ㄗㄞ線ㄒㄧㄢ上ㄕㄤ的ㄉㄜ竟ㄐㄧㄥ然ㄖㄢ是ㄕ歐ㄡ力ㄌㄧ的ㄉㄜ小ㄒㄧㄠ木ㄇㄨ船ㄔㄨㄢ！水ㄕㄨㄟ獺ㄊㄚ先ㄒㄧㄢ生ㄕㄥ笑ㄒㄧㄠ了ㄌㄜ起ㄑㄧ來ㄌㄞ。

funny [ˈfʌnɪ]
形 有趣的

pie [paɪ]
名 派

"**W**hat a **funny** fish! But I know someone who will want it far more than fish **pie**!"

「好一條有趣的魚喲！不過我知道有人寧願要它，而不要鮮魚派呢！」

16

mope [mop]
勔 悶悶不樂

Ollie is **moping**. "I'm not hungry," he says. "I want my boat back."

歐ㄡ力ㄌㄧ正ㄓㄥ悶ㄇㄣ悶ㄇㄣ不ㄅㄨ樂ㄌㄜ。「我ㄨㄛ不ㄅㄨ餓ㄜ，」他ㄊㄚ說ㄕㄨㄛ，「我ㄨㄛ想ㄒㄧㄤ要ㄧㄠ我ㄨㄛ的ㄉㄜ船ㄔㄨㄢ嘛ㄇㄚ！」

moment
[`momənt]
名 瞬間

hold [hold]
動 抓，拿

hold up
舉起，拿起

catch [kætʃ]
名 捕獲物

At that **moment** Mr Otter walks in the door. "Look what I have!" he says. In one hand he **holds up** a fine **catch** of fish.

就在那個時候，水獺先生走了進來。「瞧瞧這是什麼！」他說著說著，一手舉起剛釣到的肥魚。

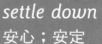
cheer [tʃɪr]
動 歡呼

settle down
安心；安定

feast [fist]
名 盛宴

In his other hand is Ollie's boat. All the otters
cheer — and then **settle down** happily to a
delicious **feast** of fish.

另一隻手則是歐力的船呢！水獺們全歡呼了起
來，於是大家愉快地享受了一頓美味的鮮魚大
餐。

人類文明小百科

一套輕薄短小的百科全書 讓你帶到哪裡就讀到哪裡！

25開／平裝／17冊／100頁

行政院新聞局第十六次推介中小學生優良課外讀物

神話
身體與健康
音樂史
奧林匹克運動會
科學簡史
電影
從行星到眾星系
探索與發現
火山與地震
史前人類
樂器
高盧人
希伯來人
希臘人
羅馬人
法老時代的埃及
歐洲的城堡

＊ 內容新穎而生活化，沒有艱深難懂的文字，更沒有刻板的條列式資料，跟你印象中的百科全書絕對不同！

＊ 從歷史、藝術到音樂，豐富多樣的主題式探討，讓你學習從全人類的觀點，放眼人類文明，培養開闊的世界觀。

＊ 豐富的精美彩色圖片，更能加倍激發你的好奇心與求知慾，擴充知識領域與思考深度！

看故事學英文

我愛阿瑟系列

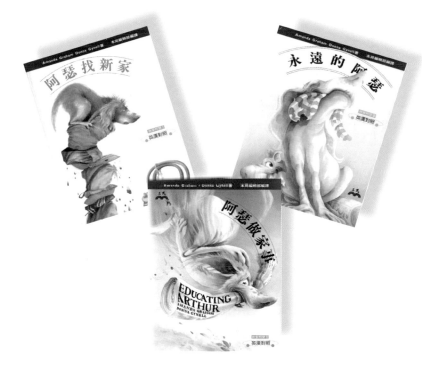

I LOVE ARTHUR

Amanda Graham・Donna Gynell著　本局編輯部編譯

20×27cm／精裝／3冊／30頁

阿瑟是一隻不起眼的小黃狗，為了討主人歡心，他什麼都願意做，但是，天啊！為什麼他就是一天到晚惹麻煩呢！？

一連三集，酷狗阿瑟搏命演出，要你笑得滿地找牙！

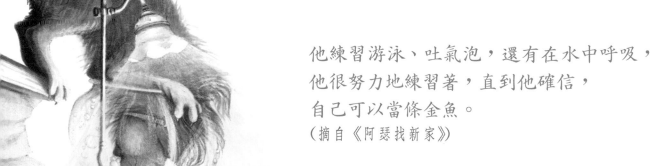

他練習游泳、吐氣泡，還有在水中呼吸，
他很努力地練習著，直到他確信，
自己可以當條金魚。
（摘自《阿瑟找新家》）

中英對照，既可學英語又可了解偉人小故事哦！

超級科學家系列
SUPER SCIENTISTS

當彗星掠過哈雷眼前，
當蘋果落在牛頓頭頂，
當電燈泡在愛迪生手中亮起……
一個個求知的心靈與真理所碰撞出的火花，
就是《超級科學家系列》！

光的顏色
牛頓的故事

爆炸性的發現
諾貝爾的故事

命運的彗星
哈雷的故事

電燈的發明
愛迪生的故事

望遠天際
伽利略的故事

蠶寶寶的祕密
巴斯德的故事

宇宙教授
愛因斯坦的故事

神祕元素
居禮夫人的故事

神祕元素：居禮夫人的故事
電燈的發明：愛迪生的故事
望遠天際：伽利略的故事
光的顏色：牛頓的故事
爆炸性的發現：諾貝爾的故事
蠶寶寶的祕密：巴斯德的故事
宇宙教授：愛因斯坦的故事
命運的彗星：哈雷的故事

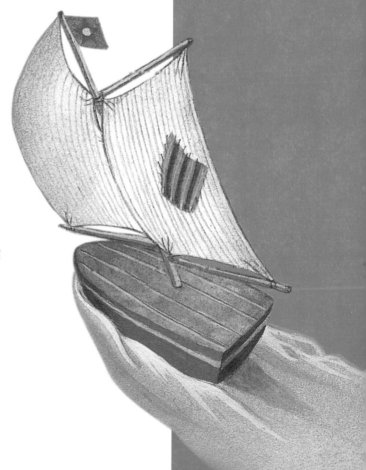

網際網路位址　http : // www . sanmin . com . tw

© 水獺歐力

著作人　Gill Davies
繪圖者　Eric Kincaid
譯　者　郭雅瑜
發行人　劉振強
著作財　三民書局股份有限公司
產權人
　　　　臺北市復興北路三八六號
發行所　三民書局股份有限公司
　　　　地址／臺北市復興北路三八六號
　　　　電話／二五〇〇六六〇〇
　　　　郵撥／〇〇〇九九九八——五號
印刷所　三民書局股份有限公司
門市部　復北店／臺北市復興北路三八六號
　　　　重南店／臺北市重慶南路一段六十一號
初　版　中華民國八十八年十一月
編　號　S85530
定　價　新臺幣壹佰柒拾元整

行政院新聞局登記證局版臺業字第〇二〇〇號

有著作權·不准侵害

ISBN　957-14-3075-7 (精裝)